Mahi Grand

빨간 피터의 고백

프란츠 카프카의 학술원에 드리는 보고

빨간 피터의 고백

프란츠 카프카의 학술원에 드리는 보고

마히 그랑 각색 및 그림
프란츠 카프카 원작
서준환 옮김

늘봄

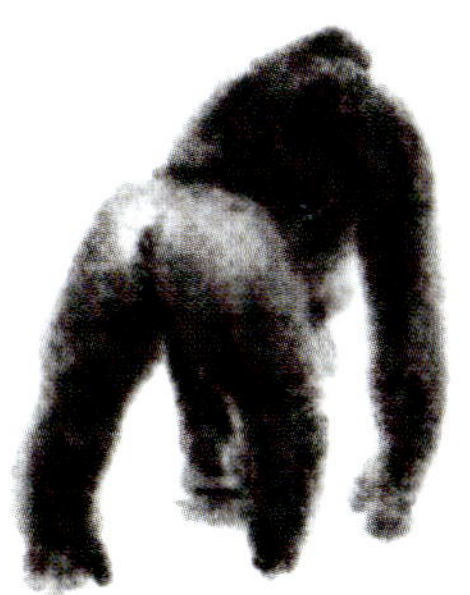

“사람은 누구나 누군가에게 괴물이다.”

- 무명씨

훌륭하신 ···,
대단히 훌륭하신
학술원 회원 여러분 ···

대단히 훌륭하신
학술원 회원
여러분 ···
똑 똑 똑
대단히!

타고 가실
차량이
준비되었습니다!
좋습니다,
금방 가지요 ···

어서 오세요.

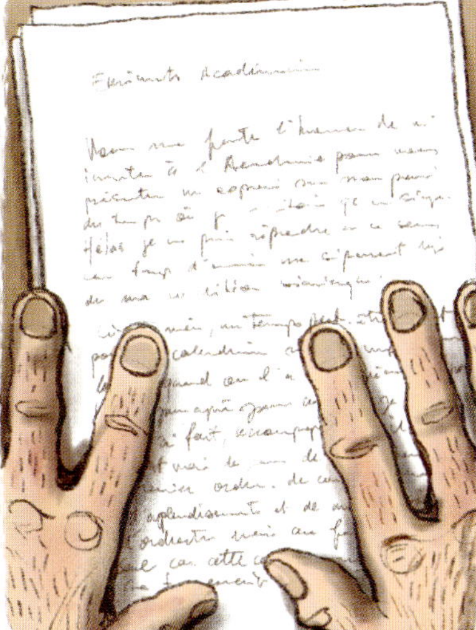

존경하는 학술원 회원 여러분,

이렇게 저를 제 과거, 즉 제가 한 마리 원숭이에 지나지 않았던 시절에 관하여 보고 말씀 올릴 수 있도록 학술원에 초청해주신 데 대해 영광으로 생각합니다. 그런데 이를 어쩔까요, 저는 그 문제에 대해 여러분께 변변한 답변을 못 드릴 수도 있습니다. 아주 오랜 세월이 제가 원숭이였던 시절 사이에 가로놓여 있으니 말이죠.

5년이란 세월을 달력에서 세어보면 아마 짧아 보일지도 모릅니다. 하지만 저처럼 하루하루를 살아낸 경우라면 어마어마하게 긴 시간일 겁니다.
그동안 저는, 사실인즉, 분주하게 줄달음질 쳐왔습니다. 때로는 최상위층 인간들과 만나
조언을 듣기도 했고

때로는 박수갈채를 받는가 하면
오케스트라 음악에 둘러싸이기도 했습죠.

하지만 실제로는 외로운 나날이었습니다. 지난 5년 동안 저와 함께해온 사람들은 하나같이 멀찍이 떨어져서, 제가 원숭이였던 과거와 결별하고 난 이후의 행보를 구경만 했으니까요.

제가 저의 원래 모습을 고수하려 하는 한, 그리고 제가 옛 시절의 추억에 집착하는 한 그런 일은 영영 끝나지 않을 것만 같았지요.
그래서 결국 저는 제 고집을 꺾어야겠다고 마음먹었습니다.
자유로운 원숭이라는 멍에를 받아들이기로 했지요. 그랬더니 저의 원시적인 과거 흔적이 점점 사라지기 시작하더군요.

물론 저는, 인간들이 받아들여 주기만 했다면, 원래대로 되돌아가는
쪽을 택할 수도 있었을 거예요. 하지만 채찍질을 받아들이는 데
익숙해지면 익숙해질수록 더 편해지는 기분이 느껴졌고요, 인간
세계에 뒤섞여 사는 데 어느 정도 적응이 되어가는 것 같았어요.
그러다 보니 저한테 휘몰아치던 옛 시절의 폭풍우가 서서히
가라앉더군요.

이제 더 이상 그런 기억은 제 뒤꿈치나 살랑살랑 간지럽힐 한 줄기 실바람쯤으로밖에 남아 있지 않아요. 이따금 떠오르는 원시림도 얼마나 까마득해졌는지, 설령 저한테 다시 그리로 돌아갈 만한 여력과 의욕이 생겨난다손 쳐도, 그러기 위해서는 제 가죽을 피가 나도록 벗겨내는 노력이 뒤따라야 할 정도랍니다.

달리 말하자면, 당신은 지금 자신이 처한 상황을 수용하는 방식으로 원숭이였던 본인의 삶에서 스스로 멀어지고 있다는 뜻이 되겠군요. 그 말인즉슨, 지금의 나는 내가 아니라는 뜻이나 마찬가지겠고요.

그런데도 저는 이 자리에서 방금 받은
질의에 답해드리고자 제 기억의 조각들을
모으려 애써볼까 합니다, 아주 흔쾌한
마음으로 말입죠.

처음 제가 배운 것 중 한 가지는 바로 악수였습니다. 전혀 쉬운 일이 아니었지요

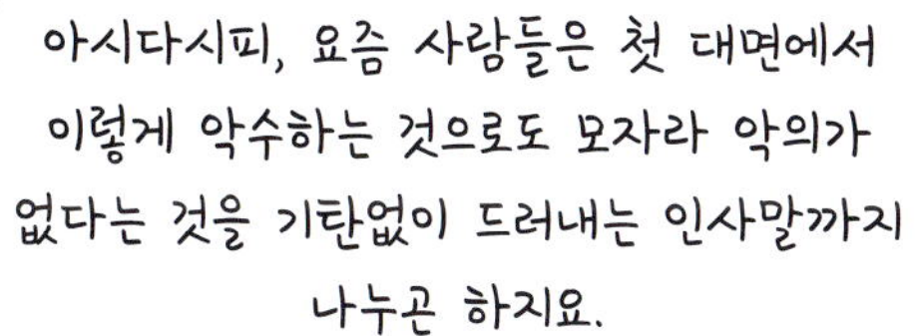

제 의도가 잘 전달되기를 바라는데요, 제가 굳이 이런 얘기를 늘어놓는 이유는 한때 원숭이였던 존재가 어떤 과정을 통해 인간 세계에 끼어들어서 정착할 수 있었는가를 알려드리고 싶은 생각에서입니다.

제가 원숭이의 본성을 완전히 벗어던지지 못했다든가, 문명화된 세계의 서커스 공연장 같은 무대에서 저 자신의 입지를 이만큼 확고히 다지지 못했더라면, 아마 뒤이어 들려드릴 이야기 따위는 꺼낼 엄두조차 내지 못했을 겁니다.

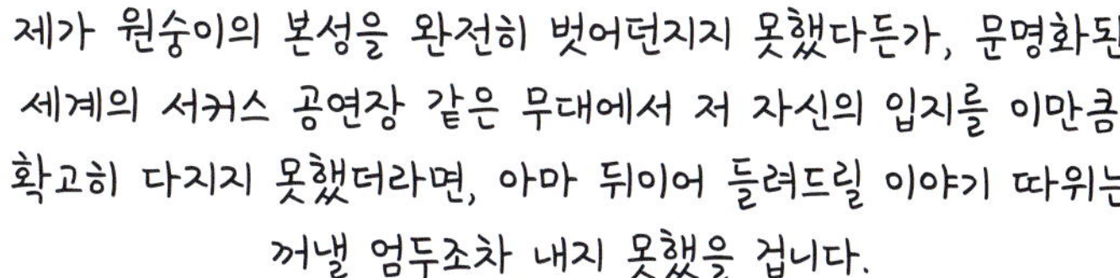

"우리는 처음부터 인간으로 태어난 것이 아니다. 인간이 되어갈 뿐….”

- 에라스뮈스

자, 그럼 무슨 일이 벌어졌나
그 대목부터 말씀드리죠.

저는 코트 드 로르 태생입니다.

제가 붙잡힌 상황에 대해서는 부득불 다른 사람의 증언을 참고할 수밖에요.

하겐베크 동물원에서 사냥 원정대를 파견했답니다.

그때 이후로 원정대 두목과 저는 꽤 많은 술병을 함께 비운 사이가 되긴 했습니다만

아무튼 그들은 강변 한 귀퉁이에 매복해 있었답니다.

어느 날 저녁, 저는 우리 무리와 뒤섞여 물을 마시러 그들이 매복해 있는 쪽으로 갔습니다.

순간 총소리가 엄습하더군요.
탕 BAM
탕 BAM
BAM
탕
BAM 탕
BAM 탕
저 혼자만 총에 맞았습니다.
두 발을 맞았죠.

한 발은 뺨에 맞았지만 심각하지는 않았어요.

그렇긴 해도 털이 밀려 나가면서 큼지막하게 빨간 생채기가 생겼습니다.

그 상처 때문에 저한테는 '빨간 피터'라는 썩 내키지 않는 별명이 따라붙었죠. 마침 '피터'라는 이름의 또 다른 원숭이가 있었거든요. 서커스 무대에서 오다가다 마주치는 녀석이었어요. 마치 내 뺨에 난 빨간 생채기가 녀석과 나를 구분할 수 있는 단 하나의 차이점이라는 듯 말이죠.

이건 그냥 여담이고요.

나머지 한 발은 엉덩이 아래쪽에 맞았어요. 여기에
입은 부상은 좀 더 심각했습니다. 제가 약간씩
다리를 저는 것도 다 그 탓이니까요.

최근 저를 잡아먹지 못해 안달하는 여러 미친개
가운데 한 명이 신문에 쓴 기사를 읽은 적이
있습니다. 그 기사 제목이 다음과 같습니다.

"완전히 억제되지 못한 원숭이 본성!"

그 기사에 따르면, 제가 저를 찾아온 손님들 앞에서 총탄 자국을 보여준답시고
기꺼이 바지를 까 내리는 게 그 증거라고 해놨더군요.

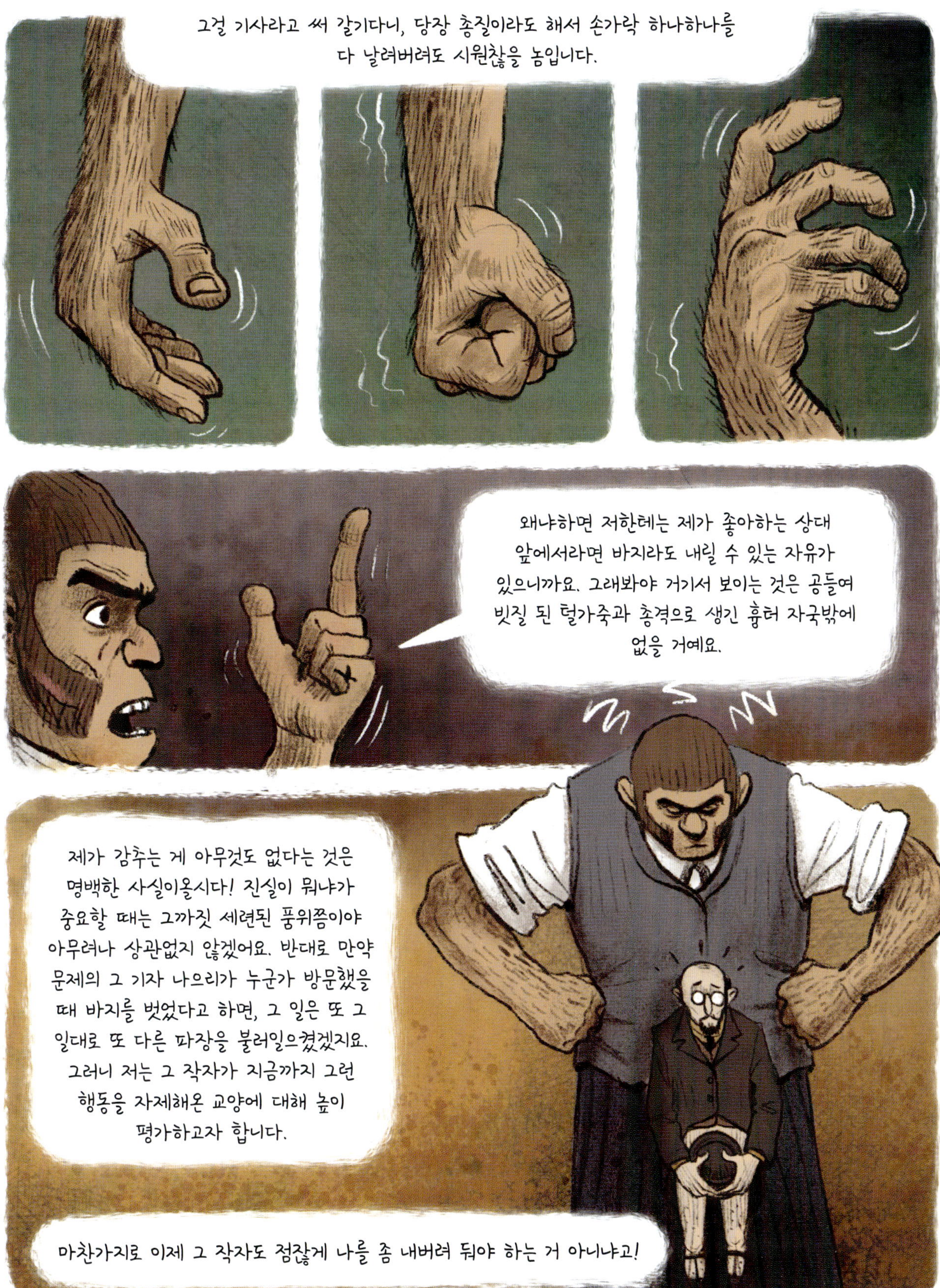

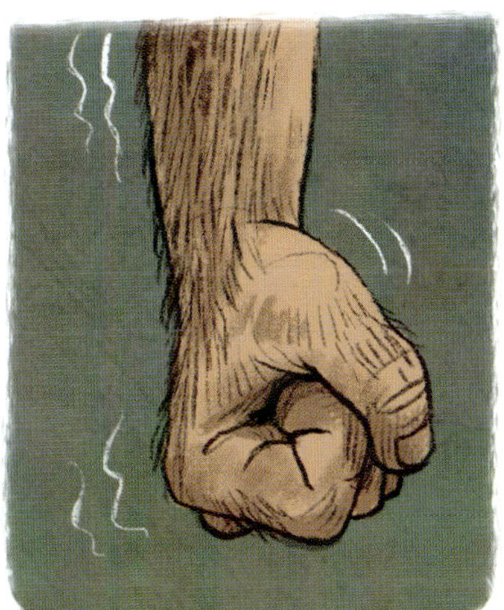

그걸 기사라고 써 갈기다니, 당장 총질이라도 해서 손가락 하나하나를
다 날려버려도 시원찮을 놈입니다.

왜냐하면 저한테는 제가 좋아하는 상대
앞에서라면 바지라도 내릴 수 있는 자유가
있으니까요. 그래봐야 거기서 보이는 것은 공들여
빗질 된 털가죽과 총격으로 생긴 흉터 자국밖에
없을 거예요.

제가 감추는 게 아무것도 없다는 것은
명백한 사실이올시다! 진실이 뭐냐가
중요할 때는 그까짓 세련된 풍위쯤이야
아무려나 상관없지 않겠어요. 반대로 만약
문제의 그 기자 나으리가 누군가 방문했을
때 바지를 벗었다고 하면, 그 일은 또 그
일대로 또 다른 파장을 불러일으켰겠지요.
그러니 저는 그 작자가 지금까지 그런
행동을 자제해온 교양에 대해 높이
평가하고자 합니다.

마찬가지로 이제 그 작자도 점잖게 나를 좀 내버려 둬야 하는 거 아니냐고!

아 맞다, 아무튼 그 사냥꾼 무리는 제가 죽은 줄 알고 아마 아무렇게나 내팽개쳐둔 모양이에요.

하지만 그러다 결국 저는 하겐베크 동물원의 증기선 갑판 밑바닥에서 깨어났습니다.

진짜 우리가 아니고 한 면이 벽으로 틀어 막힌 나무 궤짝에 갇혀 지냈는데,
서 있기에는 너무 낮고 앉아 있기에도 너무 비좁았어요.

저는 그 안에서 무릎을 구부리고 끊임없이 온몸을 바르르 떨며 잔뜩 웅크린 채 버틸 수밖에 없었죠. 처음 얼마간은 그 누구와도 대면하고 싶지 않았어요. 그러다 보니 마냥 어둠 속에 남아 사람들이 나를 잊어주기만을 간절히 원했습니다.
사람들 말로는, 야생 짐승을 포획하고 나서 처음에는 그런 식으로 가둬두는 게 바람직하다고들 하죠. 지금 제 경험을 돌아보고 말씀드리자면, 인간의 관점에서 그건 맞는 말이라는 것을 인정할 수밖에 없습니다.

그런데 한편으로 그런 원칙이 비단
야생 짐승한테만 해당하는 것은 아닙니다.

하지만 당시로서는 그런 문제까지 생각할 여유가 없었어요. 살면서 출구 없는 상황에 놓인 것은 그때가 처음이었으니까요. 어떤 상황에서도 최소한 출구가 없지는 않았거든요. 그런데 지금 내 앞을 가로막고 있는 것은 판자 조각에 단단히 못질이 되어 있는 우리였어요.

다행히 위아래로 맞댄 판자 조각 사이에 작은 틈이 나 있더군요. 그 틈을 발견하고 나서 저는 멋도 모르고 환성을 내질렀지 뭡니까.

하지만 그 틈은 너무 비좁아서 아무리 몸부림쳐봐야 도저히 원숭이의 힘으로는 그 이상 넓힐 수가 없더군요.

나중에 사람들이 저한테 해준 말에 따르면, 제가 너무 의기소침해 보여서 아주 일찍 죽어버리거나
혹은 이 첫 고비를 잘 넘기고 살아남게 된다면 유난히 조련에 쉽게 적응할 거라고들 했다더군요.
저는 첫 고비를 넘기고 무사히 살아남았습니다.
다른 우리로 옮겨졌어요. 쇠창살이 있는 우리 중 하나였지요. 다른 우리보다 훨씬 컸어요. 낮 동안에는 창살 뒤쪽까지 햇살이 비쳤는데 당시로써는 그것도 약간의 즐거움이었어요.

숨이 넘어가도록 꺽꺽거리며 울부짖기, 미친 듯 이 잡기, 멍하니 코코넛 날름거리기, 머리통으로 쇠창살 들이받기, 누군가 내 쪽으로 다가올 때마다 이빨을 드러내 보이기, 그런 일들이 새로 주어진 제 생활의 소일거리였습지요.
하지만 그러는 와중에도 저를 사로잡고 있는 감정과 불안은 오직 단 하나였습니다. 그것은 바로 출구가 없다는 사실이었죠.
무슨 수를 써도 이 덫에서 빠져나갈 수 없다니!

당연한 노릇이지만 지금 저는 당시 창살 밑에서 제가 어떤 기분을 느꼈는지 인간의 말로 옮겨 표현하기 어렵습니다. 그래봐야 필경 왜곡되기 십상일 겁니다. 하지만 설령 제가 원숭이 시절의 진상에 더 이상 다가가기가 여의찮았다고 하더라도, 제가 늘어놓고 있는 진술의 맥락이 틀림없이 그 진상과 맞닿아 있으리라 봅니다.

그 이전까지만 해도 저는 늘 상황이 나쁘다 싶으면 그 자리에서 벗어나곤 했습니다. 하지만 이제는 더 이상 아무런 방도도 찾지 못하게 된 거라니까요! 저는 갇힌 신세였죠. 제가 아무리 감방의 구석구석을 샅샅이 뒤지고, 창살 하나하나를 어떻게 할 수 없나 꼼꼼히 살펴봐도 뾰족한 수는 나오지 않았습니다!!

그런데 출구 없이는 살아갈 수 없는 제가 하물며 이런 쇠창살 우리 속에 계속 남아 있어야 한다니, 어림 반 푼어치도 없는 노릇이었죠. 저는 얼마 못 가 뒈져버리고 말 게 뻔했습니다.

근사한 생각이야.
이성의 빛이 내가 어떻게 하면 좋을지
그 길을 열어주게 될 거야.

내 뱃속
저 밑바닥에서부터
말이지.

왜냐하면 사람들 말마따나
원숭이는 배때기로 생각하는
법이니까.

그건 그렇고 제가 '출구'라는 말을 통해서
하려는 말에 대해 괜한 오해가 있을까
걱정스러워지는군요.

저는 그 말을 가장 익숙하고 가장 일반적으로
통용되는 의미에서 사용한 겁니다.

'자유'라는 말을 입에 올리는 게 과히 내키지 않는군요.

왜냐하면 그때 저한테 느껴진 게 평소 그려온 자유라고 할 만큼 그다지 거창한 감정은 아니었거든요.
원숭이였을 때 저는 그런 감정이 뭔지 어렴풋하게나마 알아차린 것 같아요. 자유를 갈망하는 인간들과 만난 적도 있고요.
하지만 정작 제 입장에서는 그때나 지금이나 자유를 갈구해본 적이 없습니다.

말 나온 김에 몇 마디 덧붙이자면,
인간들은 자유를 내세우면서 서로를
기만하곤 하지요. 그런데 자유라는 게 워낙
고귀한 감정 가운데 하나다 보니, 그렇게
해서 생겨난 착각 또한 가장 고귀한
감정이기는 마찬가지입니다.

공연장에서 내 차례를 기다리고 있다 보면, 저 위쪽에서 공중그네에 매달린 곡예사 커플이 동작을 바꿔가며 회전하는 모습을 자주 보게 돼요.
두 사람은 서로를 높이 들어 올리기도 하고
조화롭게 균형을 맞추는가 하면
훌쩍 솟아오르기도 하는데
허공에 날아올랐다가도 이내 상대방 품에 안기더군요.
"저만큼 고도로 숙련된 동작이라니, 이 또한 인간다운 자유일 거야" 하고 저는 생각했습죠.

신성한 본성에 대해 이 무슨 기막힌 조롱일까요!

하물며 그런 구경거리조차 원숭이에게서 신랄한 비웃음과
야유를 살 뿐이라면, 인간이 무엇을 높이 쌓아 올렸든
결국은 얼마 못 가 허물어질 사상누각에 불과할 겁니다.

그래요, 제가 원한 것은 자유가 아니었고요, 그저 어떻게 하면 여기서 벗어날 수 있는지나 궁리했을 뿐입니다.
그냥 출구요.
이쪽저쪽 어디든 다 둘러봐도 저한테 다른 야망은 없었습니다.
그런데 출구 또한 착각에 지나지 않을지도 모른다면 그거야 어쩔 수 없는 거지요.
제 야망이란 게 이토록 소박하니만큼
그에 상응해서 착각도 그리 거창한 게 아니었는지 모르죠 · · ·

이제 한 가지 사실만큼은 분명합니다. 즉, 제 안에 가장 깊은 평정심이 쌓이지 않았더라면 이 굴레에서 벗어난다는 것도 결코 불가능했으리라는 겁니다. 그리고 어쩌면 제가 그런 상태에 다다르게 된 것도 모두 그 배에서 처음 얼마간을 보낸 후 저한테 밀려든 평온함 덕분일지도 모릅니다.
제가 그렇게 평온함과 평정심을 회복할 수 있었던 데는 그 배 선원들의 몫도 컸다는 것을 이 기회에 밝혀둬야겠네요.
어쨌거나 선량한 친구들이었으니까요.

요즘도 여전히 제가 반쯤 졸고 있을 때 묵직하게 울리는 그들의 발걸음 소리가 기분 좋게 떠오르곤 합니다.
별로 할 일이 없을 때면 이따금 그들 중 몇몇은 둥그렇게 내 앞에 모여 앉기도 했죠.
그들은 나무 궤짝에 기대고 앉아 파이프 담배를 피우면서 불평거리 정도나 나눌 뿐 말은 거의 하지 않았지만, 저의 지극히 사소한 몸놀림에도 궤짝을 두드려대곤 했답니다.

그들의 농담은 유치했지만 그래도 훈훈했습니다.

하지만 그들은 제 몸에서 벼룩이 옮는다며 노상 투덜거렸습니다.

그들은 제 털가죽에 벼룩이 톡톡 뛰어다니며 서식하기 좋다는 것을 잘 알고
있었지요. 그러니 어쩌겠어요, 단념해야지. 그러다 어떤 때는 그들 중 한 명이 긴
꼬챙이를 가져와서 제가 시원해할 만한 부위를 긁어주기도 했답니다.

오늘날 누가 저한테 다시 그 배에 타겠느냐고 한다면, 저는 틀림없이 마다할 거예요. 하지만 이 3등 선실에서 있었던 일을 포함하여 저한테 떠오르는 당시의 추억이 그리 혐오스럽지 않다는 사실만큼은 틀림없어요.
그 사람들 사이에 끼어 있는 동안 제가 겨우 다다르게 된 평온함이 저를 붙잡아주었다는 사실도요, 특히 어디론가 달아나고 싶다는 욕구를 말이죠.

사실 저는 진작 깨닫고 있었답니다, 제가 여기서 달아나 봐야 저한테 절실한 생존의 출구가 열리지 않는다는 사실을 말이지요. 지금 와서는 탈주라는 게 가능한지 어떤지 모르겠지만 저는 이렇게 생각해요, 원숭이는 늘 어떻게 하면 탈주할 수 있을까를 궁리하는 법이라고.
요즘 같은 이빨 상태라면 심지어 코코넛 껍질을 깔 때도 조심해야 할 판이지만,
당시만 해도 저는 우리의 자물쇠쯤이야 쉽게 깨부술 수 있었을 거예요.

겨우 머리를 우리 밖으로 디밀자마자 사람들한테 붙잡혀서 도로 창살도 없는 궤짝 안에 갇혔을 텐데요.

아니면 아무도
알아차리지 못한
사이

아마 저는 다른 짐승들 사이에 숨어 있으려고 했을 수도 있고요.

가령, 구렁이 우리 같은데.

그랬다면 저는 아마 녀석들한테
온몸이 칭칭 감겨 마지막 숨을
거두었겠지요.

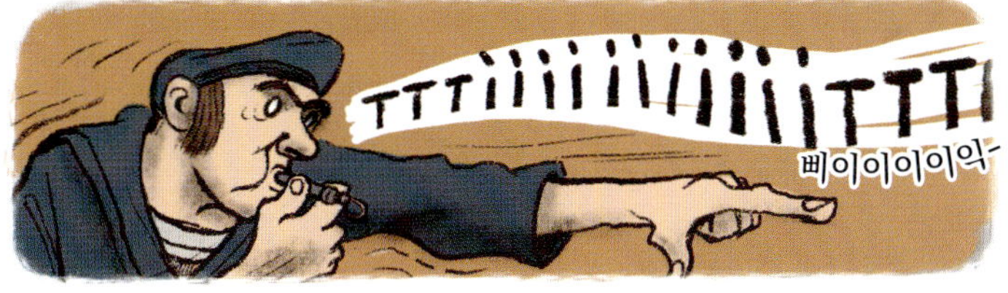
삐이이이이익~

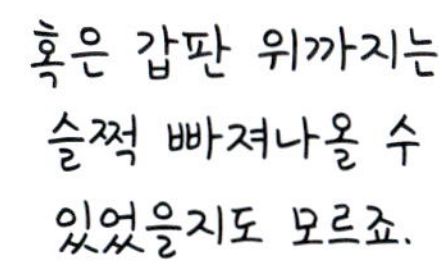
혹은 갑판 위까지는
슬쩍 빠져나올 수
있었을지도 모르죠.

그러고는 배 밖으로
뛰어내릴 수도 있고요.

부질없는 짓거리

그 이상도 이하도 아니죠.

물론 당시 저는
인간들처럼
이성적으로 사고하거나
계산할 줄은 몰랐어요.

계산할 줄은 몰랐다 해도 대신 관찰할 줄은 알았어요.
제 눈에 사람들이 늘 같은 표정,
같은 동작으로 오고 가는 게 들어왔어요.
대부분 저한테는 그들 모두가 내내
한 사람처럼만 보였어요.

그런데 유독 제 눈길을 끈 것은 그 사람
혹은 그 사람들이 족쇄에 묶이지 않은
두 발로 걸어 다닌다는 점이었어요.

뭔가 거대한 청사진 하나가 조금씩
제 앞에 나타나기 시작했습니다.

물론 어쩌다 제가 그들처럼 된다 해도 저한테 쇠창살을
열어주겠노라고 약속한 사람은 아무도 없었어요.
사람들이란 언뜻 생각하기에 일어날 법하지 않은 앞일에
대해서 그런 약속 같은 건 잘 하지 않죠.

사실 인간들한테서는 진정으로 저를 끌어당길 만한 게 아무것도 없었어요.

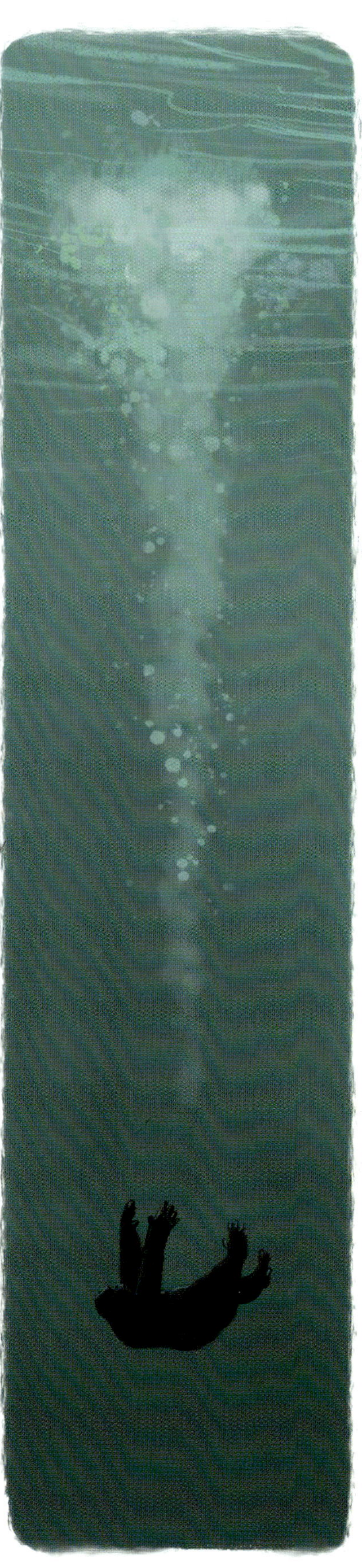

당시 제가 인간들이 열광하는 자유라는 게 뭔지 정확히 알아맞힐 수 있었다면 차라리 바다 깊숙이 빠져 죽는 쪽을 택했을지도 모를 거라는 생각마저 들어요.

아무튼 저는 그런 해결책을 마음에 두기 시작한 이후부터 줄곧 인간들을 관찰했어요.
인간화의 길로 접어들기 전 그렇게 관찰의 결과를 쌓아두는 것은 저한테 매우 긴요했으니까요.

인간 흉내를 내는 것은
아주 쉬운 일이었답니다.

저는 처음 몇 날 이후로
침을 뱉는 데 익숙해졌어요.

SPLiiT 퉷

SPLiiT 퉷

SPLÔÔT 퉤엣

우리는 서로의 얼굴에 대고 침을 뱉기도 했어요.

SPLÔT 퉷

SPLiT 퉷

유일하게 다른 점은 제가 침을 뱉고 나서 말끔히 닦아내기 위해
얼굴 주변을 핥는 반면, 그들은 그러지 않더라는 것이었어요.

이내 저는 노련한 뱃사람만큼이나 파이프 담배를 능숙하게 피울 줄도 알았어요.

??
그런데 제가 담배통 속으로 검지를 쑤셔 넣자

AAOUUCHH아오오오오오
그걸 보던 사람들이 자지러졌어요.

!!?
제가 꺼진 파이프와 불붙은 파이프 사이에 무슨 차이가 있는지 깨닫기까지는 시간이 좀 걸렸다는 거, 인정합니다.

"모든 사람이 입을 모아 야생동물을 길들이는 것은 위험한 일이라고
주장한다. 하지만 어느 쪽에게? 동물에게 아니면 인간에게?"

- 조셉 보이든

하지만 뭐니 뭐니 해도 저를 가장 힘들게 한 것은 바로 럼주 술병이었답니다.

저한테는 냄새부터가 아주 고역이었어요.

제가 할 수 있는 한 최선을 다하긴 했지만, 그 역한 느낌을 극복하기까지는 여러 주일이 걸렸을 정도로요.

사람들은 묘하게도 제가 속으로 이런 내적 갈등을 겪을 때면
그 모습 앞에서 여느 때보다 저한테 더 진지해졌어요.

비록 제가 누가 누군지 분간하는 데 서투르기는 하지만,
한 사람은 기억해요.
그는 밤이고 낮이고 어느 때건 늘 혼자 다녔거든요.

그는 술병을 들고 와서는 앞에 버리고 앉아 저한테 술 마시는 법을 가르쳤어요.

그는 저를 이해하지 못했지만,
아마도 제 본성의 수수께끼를
풀고 싶어 하는 것 같았어요.

천천히 술병 마개를 따더군요.
POP
그러고는 이해했는지 확인하려는 듯 나를 힐끗 쳐다봤지요.
고백건대, 저는 매번 야생적이고도 열정적인 집중력으로 그 동작을 주시하곤 했답니다.

아마도 지구상의 그 어떤 인간 교육자도 저만큼 열심히 집중하는 문하생은 찾아내기 어려울 겁니다.

일단 술병 마개를 따고 나면 술병을 입가까지 들어 올리더군요.
저는 병목 안쪽까지 눈으로 뒤쫓았지요.
고개를 까딱거리는 것으로 보아 제 태도에 흡족해하는 눈치였어요.
술병을 입술에 가져다 대더군요.
저는 조금씩 이해가 간다는 경이로움에 사로잡혀 끽끽거리면서 여기저기 몸을 긁적거렸어요.
그는 만족스러워하는 표정으로 병을 입에 물더니
꿀꺽꿀꺽 삼키더라고요.

저야 따라 하고 싶어 미칠 지경이었죠.
우리 안에서 그대로 오줌을 싸버렸어요.
그랬더니 그게 또 제 사부를 더 즐겁게 했나 봅니다.
술병을 손에 들고 팔을 길게 뻗더니
크게 움직여 입술로 가져가서는
제가 이해하기 좋도록 과장되게 몸을 뒤로 젖힙디다.
그러고는 술병을 단숨에 비우더라고요.

정말이지 너무 한 거 아닌가요? 저는 완전히 욕망에 짓눌리고 말았습니다.
더 이상은 따라가기가 버거워서 그만 철창에 기대어 주저앉아 있었지요.
그러는 사이 이 교육 과정의 이론 부분을 마친 그는 좋아죽겠다는 투로 얼굴을 찡그리며 자기 배를 문질러 보이더군요.

그제야 비로소 실습이 시작되었답니다.
제가 이론 수업에 너무 지친 게 아닐까요?
맞습니다, 완전히 진이 빠져 있었어요. 하지만 이 길은 어차피 제가 따라가야 할 숙명의 한 갈래죠.
그러니만큼 저는 그가 내민 술병을 있는 힘껏 꽉 잡았습니다.
그러고는 몸을 바들거리며 병마개를 땄습니다.
병마개를 따는 데 성공하자 다시 원기가 샘솟더군요.
POP
퐁

사부의 시범과 별로 다르지 않게 술병을 들어 올렸습니다.
술병을 입가로 가져다 댔죠.
그런데
...
빈 술병에는 냄새밖에 남아 있지 않았지만 그런데도 확 역한 게 올라와서 저는 술병을 냅다 집어던지고 말았죠.
그런 제 모습에 사부도 저만큼이나 크게 실망했고요.
술병을 집어던진 후로는 제가 화해하자는 뜻에서 점잖게 제 배를 쓰다듬기도 하고
얼굴을 찡그려 즐겁다는 표정을 지어 보여도 그의 반응은 뜻한 게 예전 같지 않더군요.

안타깝게도 수업은 거의 매번 그런 식으로밖에 이뤄지지 않았어요. 하지만 자상하게도 사부는 저를 그리 나무라지 않았어요.
대신 불붙은 파이프를 제 털가죽 가까이에 들이미는 경우는 종종 있었지요.

제 손이 미치지 않는 몇몇 부위가 담뱃불에 그을리기 시작했어요.
그래도 그는 두꺼운 손바닥으로 담뱃불을 꺼주곤 했지요.
HUMF
HUMF
쿵
쿵
OUHOUHOUHOU
우우우우우
BAM 들썩
BAM 들썩
TAP
TAP
TAP
투덕투덕

그는 저를 혼낸 게 아니었어요.
단지 사부나 저나 마찬가지
처지라 해도, 원숭이 본능을
극복하기 위해서는 저한테 훨씬
험난한 앞길이 가로놓여 있다는
것을 일깨워주고자 했을 뿐이죠.

하지만 그 무렵 사부한테나 저한테나 쾌거라 할 만한 순간이 닥쳤습니다.
어느 날 저녁, 많은 구경꾼이 몰려와서 둥그렇게 원을 이루고
그 앞에서는 악사가 음악을 연주하고 있었는데——아마 파티하는 날이었나
봅니다——간부 한 사람도 그 무리에 뒤섞여 있었지요.

그래서인지 그날 저녁은 아무도 저한테 관심을 보이지 않더군요. 저는 우연히 우리 앞에 놓여 있던 럼주 병을 움켜잡았습니다.

?!!
일반적으로야 놀라워 보였겠지만, 수업 때 배운 대로 병마개를 땄지요.
!!
!!
?!
!!?
POP 퐁

이어서 전혀 주저하지도 않고, 입 한 번 일그러뜨리지도 않고, 눈알을 데굴데굴
굴리고 목울대까지 쿨렁거려가며 아주 숙련된 솜씨로 술을 다 마셔버렸습니다.
단 한 방울도 남기지 않고 깨끗하게 술병을 비웠지요.

그러고는 더 이상 예전 같은 낙제생이 아니라 예술가다운 포스로 술병을 멀찍이 내던졌답니다!

저는 배를 문지르는 것도 깜빡했어요. 그럴 만큼 실제로 제 안에서 뭔가 터져 나오려는 기운에 휘둘리고 있었거든요. 머리부터 발끝까지 취기가 돌았으니까.
그때 저는 난데없이 이렇게 소리를 지르고 말았답니다.
안녕!
인간의 말소리로 말이죠.

이 외침 한 마디로 저는 감히 인간 공동체에 난입한 셈입니다.
이게 파장을 일으키지 않을 리 없었죠.
들어봐!
얘가 말을 하네!
전율에 휩싸인 제 몸을 기분 좋게 위무해주는 듯한 파장이었습죠.

한 번 더 반복하겠습니다. 인간을 모방하는 것은 저한테
그리 끌리는 일이 아닙니다. 출구를 찾아 헤매다 보니
모방하게 된 것일 뿐 그밖에 다른 이유는 없어요.

게다가 이런 쾌거를 거뒀다 한들, 제가 크게 뭔가를 얻은 것도 없어요.
저는 새로 터득한 말소리를 이내 까먹고 말았거든요. 몇 주나 지나서야
다시 저한테 그 말소리가 돌아왔는데 알코올에 대한 염증도 다시 도졌어요,
이번에는 예전보다 훨씬 더 강렬하게요.

BBRROUUUMMM 우르르크릉

하지만 이 한 가지만큼은 확실합니다.

이제 내가 새로 열어가야 할 길이 내 앞에 놓여 있다는 것 말입니다.

“인간성이란 인간적 한계를 넘어서려는 어떤 시도이다.”

- 장 지로두

1905년 함부르크

배가 도착하자마자 사람들은
저를 제 첫 번째 조련사에게 넘겼어요.

이쪽으로 놔요.

들리는 말에, 녀석한테서 뭔가
재미있는 걸 꼬집어낼 수 있을
거라더군.

두고 봐야죠.

이제 제 앞에는 양쪽으로 두 갈림길이
나 있다는 사실을 깨달았어요.

동물원이냐,
아니면
서커스 공연장이냐.

저로서는 망설일 필요가 없었어요. 속으로
생각했죠. 동물원이라니, 그건 그저
또 다른 철창 우리나 마찬가지지.
거기 들어가는 순간, 너는 끝장이야.

무슨 일이 있더라도 서커스 공연장으로
갈 수 있도록 해보자. 그게 바로 출구니까!

그래서 저는 열심히 배우기 시작했답니다, 여러분! 아, 배워야 할 때는 배워야 합니다. 말하자면 출구를 찾기 위해서 그저 아무 생각 없이 마구 배우는 거죠.

우선은 허리를 펴고 꼿꼿이 서보자. 지금처럼 축 늘어진 자세는 인제 그만.
CLAC 철썩
CLAC 철썩
CLAC 철썩
그렇지, 그다음 걸어보자.
무릎에 힘 빼고,
고개 들어!

저는 미친 듯 빨리 제 안에 남은 원숭이 본능을 걸어냈습니다.

제가 얼마나 악착같이 제 육신에서 원숭이의 생리를 몰아냈는지
오히려 제 첫 조련사가 원숭이와 비슷해질 지경이었죠.

급기야 그는 제 조련을 그만두고 정신병원에 입원해야 했습니다.

사람들은 저를 구경거리로 투입해서 키워볼 만한 재주가 있다고 여겼습니다.

그리하여 크로네 서커스단에 들어가서는 제 몸도 돌보지 않고
계속 수련에만 열중했지요.

서커스 단장한테 최대한의 수익을 보장해주기 위해서라도, 저한테는 인간의 말이 다시금 요긴해졌습니다.
우리 친구들, 안녕!!
CIRCUS KRONE
LE SINGE QUI PARLE
크로네 서커스 공연, 말하는 원숭이 출연
그렇게 해서 제 공연은 우리 서커스단의 주요 인기 프로그램의 하나로 자리 잡았습니다.
안녕, 여러분!!

관객들은 나날이 늘어가는 제 솜씨를
따라가는 재미에 사로잡혔고,
그때부터는 제 능력에 약간의
자신감이 생기면서 앞길이 훤히 트이기
시작했습죠.

당시 잘 나가는 공연장 측에서 저를 다시
영입한 덕에 저는 런던으로 떠났습니다.

EMPIRE

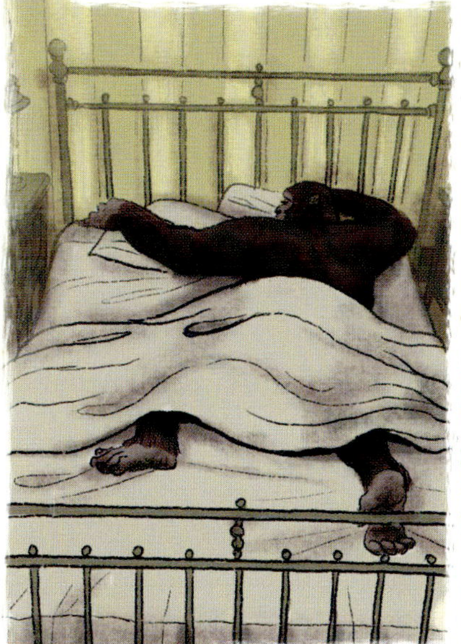

저는 왕자처럼 먹고, 사랑처럼 갖춰 입으면서 그러는 게 당연하다는 듯 아주 잘 지냈죠.

BANK

제가 돈이라는 것에 질깃질깃한 가치가 달라붙어 있다는 것을 깨달은 것은 그때였어요.
하루아침에 두둑해진 제 지갑은 어느 곳에서나 다 통하는 허가증이더군요. 그것은 인간에
미달 되는 저의 염색체 결함을 완벽하게 메워주고도 남을 정도였으니까요.

그 무렵부터 저는 제 개인교수를 제가 직접 채용했답니다.

사실대로 털어놓자면, 당시 제가 고용했다 갈아치운 교수만 해도 상당수였고, 어떤 때는 여러 명한테 동시에 교습을 받기도 했어요.

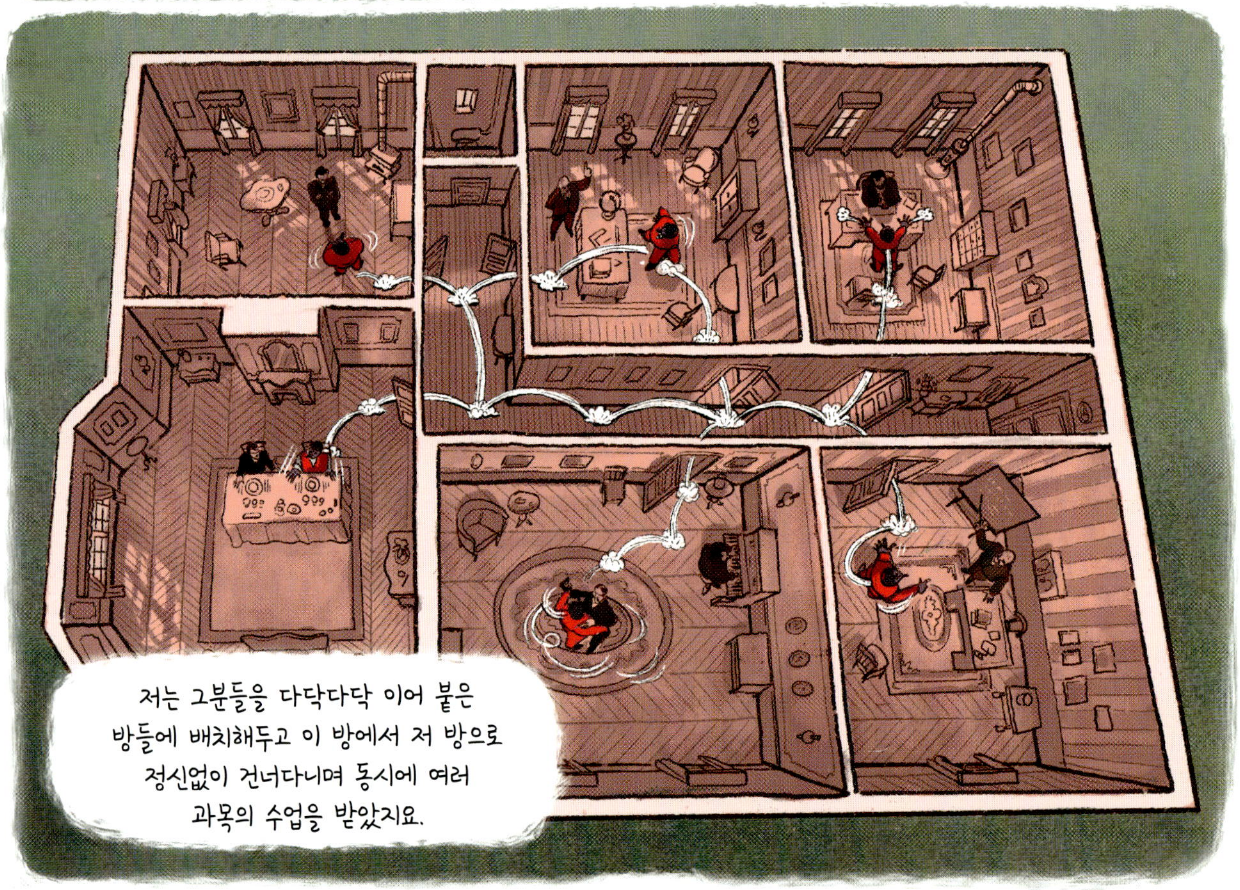

저는 그분들을 다닥다닥 이어 붙인 방들에 배치해두고 이 방에서 저 방으로 정신없이 건너다니며 동시에 여러 과목의 수업을 받았지요.

히아신스 열여섯 개를 건조하자면 열여섯 개의 부직포 주머니가 필요합니다.

그럼, 여기는?

물, 술, 용액 …

부인께 정중히 인사 올립니다.

바구니에 달걀 다섯 개가 들어 있었는데 그중 두 개를 깨 먹었습니다. 그럼 남은 건 몇 개?

차라리 등을 품에 안고 손으로 감싸 안듯이 이렇게…

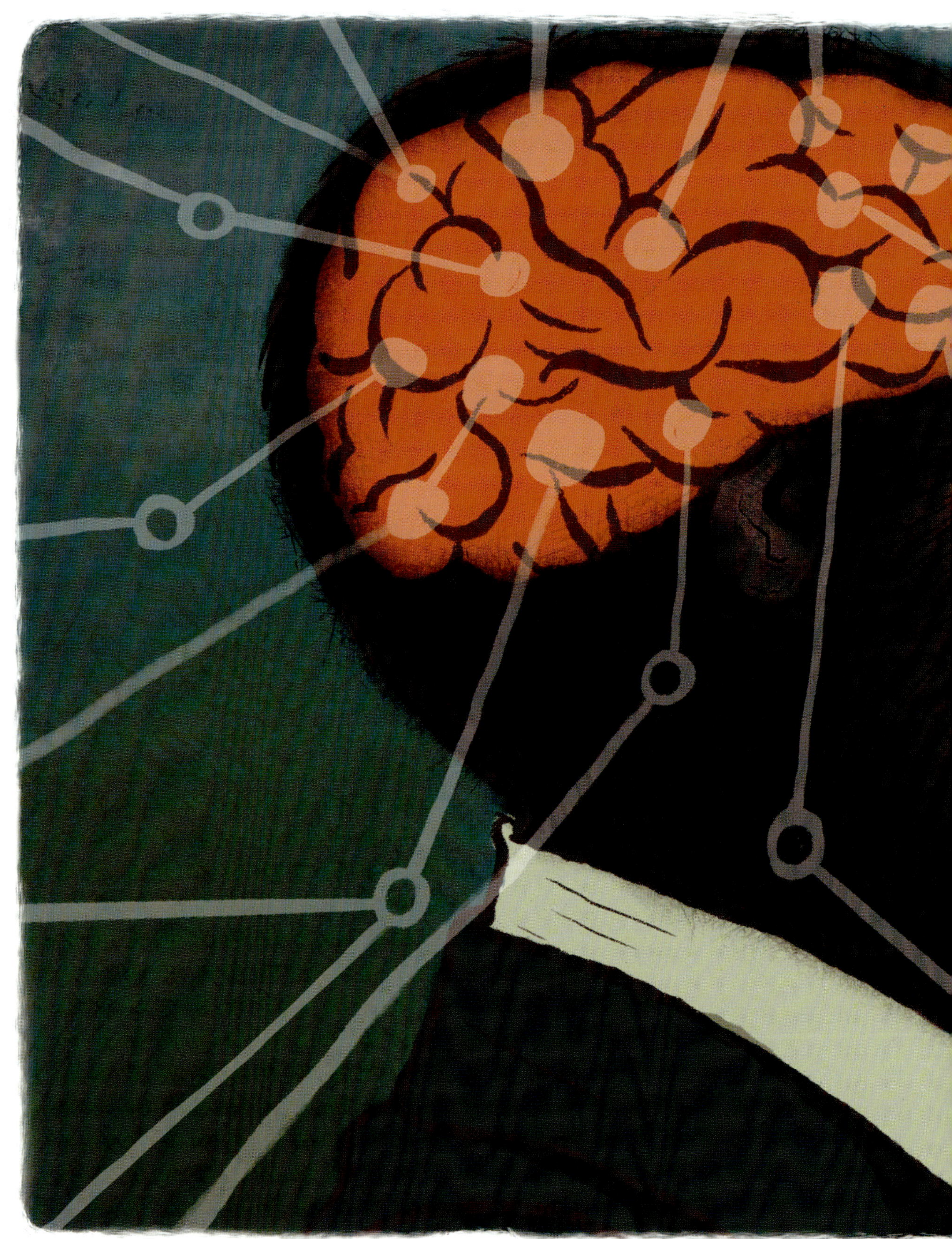

제가 이뤄낸 건 바로 진화였어요! 거의 모든 분야에 걸쳐 섭렵한 지식이 제 안으로 흘러 들어가고 넘쳐나면서 뇌가 깨어난 거죠! 이런 진화로 인해 제가 아주 행복해졌다는 것, 저는 그 사실을 부정할 수 없습니다.

험난한 노력의 대가로 저는 마침내
인간 사회에서 중간쯤 되는 문화적 수준을
체득하는 데 성공했어요.

너무 현란하지도 않고, 너무 빈약하지도
않은 중급 정도의 사고 수준에

당연히 여흥을 즐길 줄도 알고

별다른 소란을 피우지 않고 살아가면서
순리대로 흘러가는 시간이나 응시하는 단계에
다다랐다는 말입니다.

여러분은 이렇게 말씀하실지도 모르겠습니다, 단지 그뿐이라면
특출난 데라고는 아무것도 없었다는 점이 오히려 제가 우리에서
빠져나올 수 있도록 도왔고, 저에게 이렇게 특별한 출구, 즉 인간
사회로 나 있는 출구를 열어젖히도록 할 수 있었다고 말이죠.

"풍경 속으로 녹아든다"라는 표현이 있지요. 네, 맞습니다. 제가 해낸 게 바로 그거거든요. 저로서는 '풍경 속으로 녹아드는 것' 말고는 그밖에 다른 해결책이 없었으니까요.

서커스 공연장에서 새롭게 쌓아 올린 곡예사로서의 명성 덕분에 저는 세계 각지를 두루 여행할 수 있었지요. 그러다 결국에는 미국에 정착하게 되었습니다.

아메리칸드림, 잠자리에서나 이룰 수 있는 꿈!

저는 또다시 새로운 정글에 녹아들었습니다.

제가 겪은 진화과정과 지금에 이른 그 진화과정의 종착지를 돌아보자면 저한테는 별다른 불만도, 기쁨도 없습니다.
저는 호주머니에 두 손을 찔러 넣고 가죽 의자에 앉아 탁자에 놔둔 최고급 와인이나 홀짝거리면서 창밖을 내다보곤 합니다.

부속실에서는 집사가 상시 대기합니다. 그러다 내가 벨을 누르면, 와서 시키는 말을 듣지요.

연회나 유명 인사 모임 혹은 지인들과
다사로운 저녁 파티를 마치고 밤늦게 귀가하면

반쯤 인간화된 암컷 침팬지 한 마리가 저를 맞아주죠.
그러면 그녀와 다소간 살가운 시간을 보냅니다, 원숭이로 돌아가서 말이죠.

낮 동안에는 그녀와 대면하고 싶은 마음이 들지 않습니다. 그 망연한 표정, 길들여진 짐승의 눈길에 어쩔 수 없이 고여 있는 슬픔 때문이죠.

그렇다는 것을 알아차리니 외로움이 몰려왔어요. 견딜 수가 없더군요.

전체적으로 봐서는 어쨌든, 더도 아니고 덜도 아니고 딱 제가 원하는 위치에 도달한 게 맞습니다.
아무쪼록 그럴 만한 가치가 있었느냐는 질문만은 저한테 하지 말아주시기를.
더욱이 저는 인간의 심판 따위는 원치 않거든요. 사람들이 뭐라는지에는 아무 관심도 없습니다.

제가 오늘 이 자리에 온 것은 여러분의 감정에 귀 기울이자거나 여러분의 섬세한 사리분별력에 도움을 얻기 위한 게 아닙니다. 그저 이런 삶도 있다는 사실을 널리 알리고 싶어서입니다. 저로서는 이것에 관하여 말씀드리는 것으로 제 보고를 마치고자 합니다.
뭔가에 대해 정당화하거나 해명할 문제는 아무것도 없으니까요. 저는 오로지 탈주하고자 몸부림쳐왔을 뿐입니다.

자, 그럼 학술원 선생님 여러분, 이상으로 제 보고를 마치겠습니다.

"사람들이 당신을 괴물 취급할 때 할 수 있는 일은 오직 한 가지밖에 없다.
사람들의 예상을 뛰어넘는 일."

– 데이비드 호멜

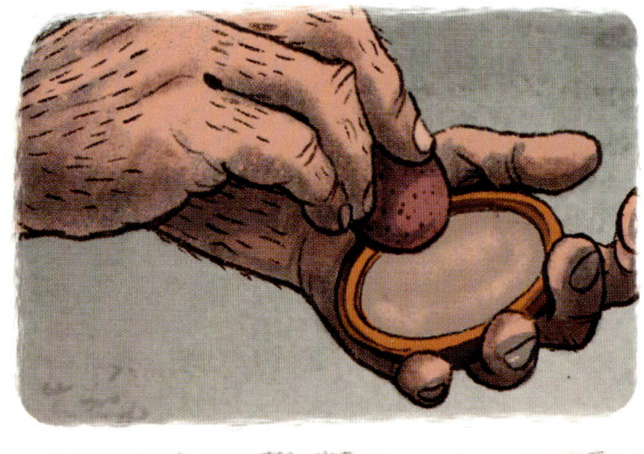

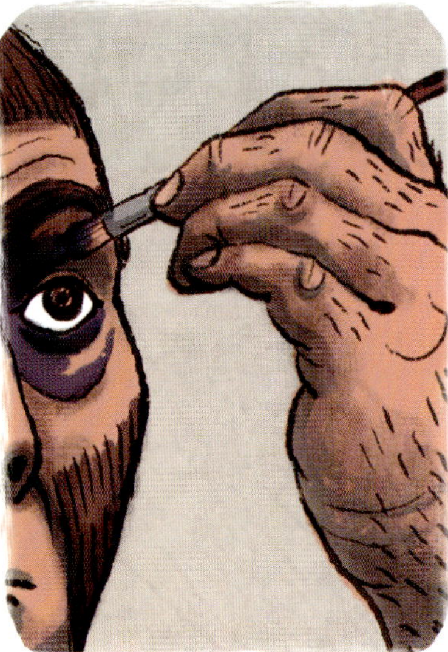

선생님, 막 오르기
10분 전입니다!

CLING!!
팅!!

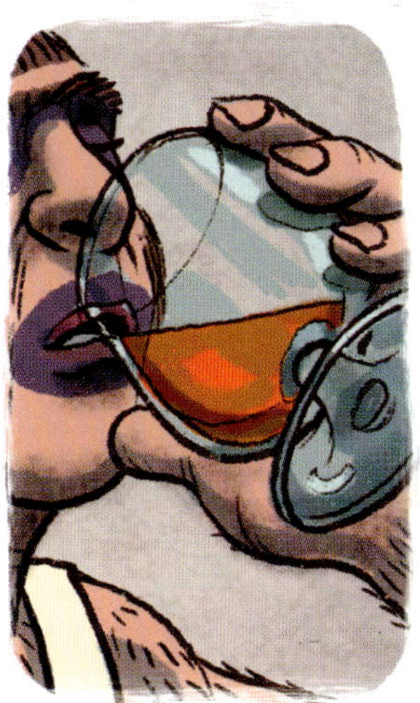

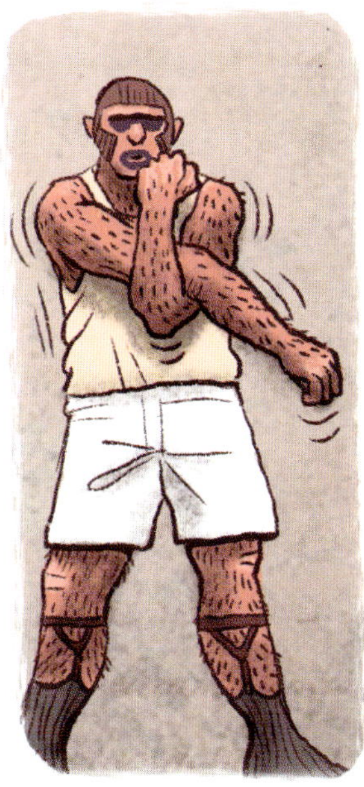

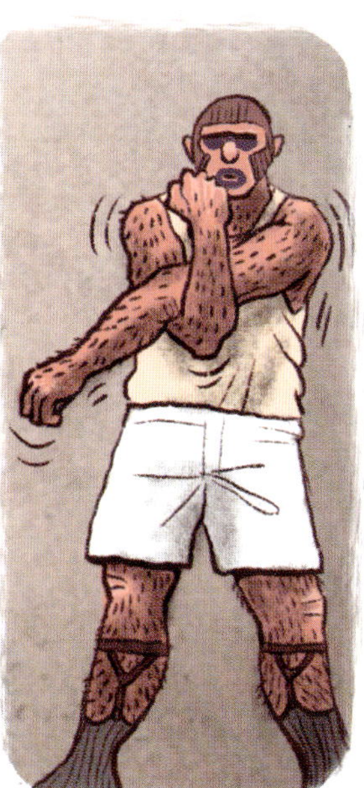

파올로 베빌라쿠아, 올리비아 버튼, 젤리 그랑,
토머스 레클레르, 주디스 페롱, 가브리엘 티투스,
그리고 열성을 다해준 다르고 출판사 편집부에 감사드린다.

이 책을 올리비아에게 바친다.

마히

La Conférence Text and illustrations by Mahi Grand © DARGAUD 2022, by Mahi Grand (www.dargaud.com)
All rights reserved This edition was published by arrangement with Icarias Agency. All rights reserved.

이 책의 한국어판 저작권은 Icarias Agency를 통해 DARGAUD와 독점 계약한 늘봄에 있습니다.
저작권법에 의하여 한국 내에서 보호를 받는 저작물이므로 무단전재와 복제를 금합니다.

빨간 피터의 고백　　프란츠 카프카의 학술원에 드리는 보고

각색 및 그림 마히 그랑 / 원작 프란츠 카프카 / 번역 서준환 / 펴낸이 조유현 / 편집 이부섭 / 디자인 박민희 / 펴낸곳 늘봄
등록번호 제300-1996-106호 1996년 8월 8일 / 주소 서울시 종로구 동숭4길 9 / 전화 02)743-7784 / 팩스 02)743-7078
초판발행 2022년 3월 30일 / ISBN 978-89-6555-099-0 03850